KB060163

청어詩人選 326

오, 내 사랑
목련화

심은석
시집

청어

시는 측은지심

나태주
(한국시인협회 회장, 풀꽃문학관장)

시집 원고에 전혀 경찰관 냄새가 나지 않았다.

한 선량한 소시민의 눈초리가 있다. 평범한 생활인의 모습이다.

전혀 권위적인 것이 없다.

놀랍고 감사한 일이다. 이런 경찰관이 있다는 것은 우리의 축복이요 행운이다. 경찰의 기존 관념을 싹 씻고도 남음이 있다.

시편들 속에 선량한 한 남정네의 세상살이가 솔직하게 담겨 있다. 이런 아름다운 눈초리로 세상을 보면 세상이 아름답지 않을까?

어린 시절의 추억이 부형에 대한 추모의 마음으로 주변 사람들이나 사물에 대한 관심이 안쓰럽게 표출되어 있다.

오일장에 가신 어머니, 쟁기를 사 오신 아버지, 베트남 새댁, 외국인 노동자, 공원의 할머니… 평범하면서도 선하게 사는 우리 이웃이다. 그러나 죽은 강아지나 새끼 낳는 송아지 또한 우리와 더불어 사는 이웃 같은 가축이다. 이들에 대한 친애감과 관심은 그야말로 사랑이다.

시인의 마음으로 최상은 무엇보다도 공자님이 말씀하신 것처럼 인, 바로 측은지심이다. 측은지심이 시속에 잘 녹아 있다.

시인으로서 오래 성장하기를 기대한다.

그는 아직도 오일장에 가신 어머니를 기다리는 눈망울 큰 소년이다. 이런 사람이 일하고 있는 나라가 복되지 않겠는가? 오래 나부끼는 깃발로 높이 솟아 있거라.

그대를 보면서 편안히 살리니.

빛나는 꽃 같은 혼

성명순

(시인, 경기문학회장)

시인에게 있어 시는 곧 그 시인이라는 말을 부정할 수는 없다.

매연과 소음으로 가득한 / 도심 한복판에서 / 하얀 옷 검어질 때까지 사고와 무질서를 잠재우는

−『날마다 걷는다』 중 「경찰의 하루」 일부

자칫 마음가짐이 강퍅해 지기 쉽다. 하지만 그의 시는 그렇지 않다. 여느 사람보다도 여리고 따뜻하고 부드럽다. 그의 시 편에 유난히 많이 흐르며 반짝이는 '눈물', '꽃', '나무' 같은 시어들이 그 증거라 하겠다.

그러면서 그의 시는 생명력으로 가득하다.

때로는 고요한 가운데 혹은 힘찬 동적 이미지로 다가오는 온갖 풀들과 꽃, 그리고 나무와 착한 동물들이 그러하다.

외로워 힘들다며 / 저녁노을 산마루에서 어스름이 밀려올 때까지 / 같이 있어도 사무치는 눈물 흘리는 사람이다

–『날마다 걷는다』 중 「그리운 사람아」 일부

누군가에게 진정한 위로란 '같이 하면서 사무치는 눈물'을 함께 나눔일 것이다.
그의 시 속에 면면히 흐르는 따뜻한 시심이 많은 이에게 위로가 되리라 믿어 의심치 않다

따사로운 햇살 같은 경찰 시인

최복주

(시인, 공주문인협회장)

심은석 시인의 작품들은 경찰관이라는 선입견을 확 깨 버린다. 인권존중의 진솔한 삶에서 우러나는 시어들이 누에고치에서 비단실을 뽑아내듯 부드럽게 펼쳐진다. 얀 무카로브스키는 시인의 삶과 작품은 서로 영향을 미 친다고 피력했는데, 시인의 마음속에 따뜻한 감성이 충 만하여 흘러넘치는 것이리라.

사람이나 산, 강, 들까지도 따스한 시선으로 바라보는 시인의 눈빛을 따라가다 보면 내 마음의 강물에도 따사 로운 햇살이 비친다.

불안하고 각박한 세상살이에서 선한 마음으로 기도하 는 시인이 우리 곁에 있어 든든하고 행복하다.

시인의 말

햇살 같은 경찰의 꿈, 사람의 향기를 그리며, 날마다 걷는다, 동행등 동인지 등 내보며 다시 용기를 내 본다.

사람은 시심이 있어 누구든지 시인이라 한다.

사람의 가슴속에는 누구나 시가 있어 가슴속에 빛나는 꽃 피울 수 있다.

시는 멀리 있는 거창한 것이 아니라 평범한 삶의 현장이다.

사람은 누구나 착한 본성이 있어 누구든지 따뜻한 시인이다.

우울도 슬픔도 이 시를 쉽게 읽으며 느껴 멀리 날렸으면 좋겠다.

사십년 전 경찰에 처음 입문하던 경찰대학 4기 신입생 훈련 기간에 혹한을 이기고 새봄을 알리는 하얀 목련을 보고 고된 가입학 훈련을 이길 수 있었다.

그래서 경찰대학 4기생들은 목련화를 기수 꽃으로 '오, 내 사랑 목련화'를 기수 가곡으로 선정하고 즐겨 불렀다.

이제 젊음과 꿈을 함께한 경찰조직에서 같이 아프고 고단했던 4기 동기생들과의 추억을 돌아보며 시집을 내 본다.

초심으로 돌아가 치안 현장에서 만난 모든 분의 사랑과 격려에 감사한다.

경찰이 섬겨야 하는 모든 사람의 고단함에 이 시집이 위로가 되었으면 좋겠다.

경찰 행정편의나 변명으로 그동안 제대로 살피지 못한 분들에 죄송한 마음으로 이제는 밝은 꿈을 꾸며 사회와 국민에게 받은 사랑을 생각하며 가야 할 길로 다시 떠나려 한다.

2022년 봄에
심은석

오, 내 사랑 목련화

1부 산막이 옛길

2부 아내여

3부 장에 가신 엄니

4부 고봉밥

산막이 옛길

한평생 세간살이 등지게 지고
허리 굽은 울 아비가
먹이 찾는 산 새 따라 굽이굽이 올라가시고
붉게 물든 산마루에 노을 지면
산 그림자 먼 마을로 돌고 돌아 내려오신 길

건너지 마오

저문 노인이 슬픈 강에 빠진 날
반딧불 울음이 검은 강을 밝혔지만
아무도 찾지 않는 바람만 불어오는데
노인은 새벽 빛나는 햇살을 다시 보지 못하고
어릴 적 멱 감던 추억을 거품처럼 구불거리며
강 너머로 흘러갔다

천년나무

봄에 눈 뜨고
여름은 무겁고
가을은 빛나고
겨울은 가볍게
나무는 날마다 기쁜 노래 부르며
파란 하늘이 주실 선물을 기다리며 천년을 살았다

보릿고개

봄 새싹이 막 움트는데
고구마 감자 가득했던 허물어진 창고에는
바람 부는 쥐구멍에 모래 먼지만 가득하고
열 식구, 개새끼 둘, 소와 새끼, 산 입이 열넷
늦은 저녁밥 어이하나
긴 겨울 축 늘어져 매달린 시래기와 보리 한주먹으로
솥단지에 여물처럼 삶아 열 식구 빙 둘러 딸그락대는데
늙은 소는 음메 개들은 멍멍 배고프다고
미안하지만 니들은 들풀 새싹이라도 후리거라
긴긴 보릿고개 징글징글한 끼니지만
아침 해는 또 오시고
어린 철부지는 주린 배를 움켜쥐고
찌그러진 가마솥을 발로 차며 배 터지는 꿈꾸었지

외로움

산새 혼자 무거운 고갯길 지나 숲에서 날아오다
호숫가 물안개에 눈이 멀어 화들짝 놀라고
산 그림자는 붉은 노을에 스러지고
어디선가 먹구름 몰려오더니
저문 하늘이 서럽게 울고
무수한 별들이 하늘에 박혀
땅 위에 빛나는 생명을 오래도록 내려 본다

기다림

나무는 푸른 옷이 좋아
사람처럼 벗고 뒤엉키고 끌어안고
비가 오면 우산으로 해가 뜨면 그늘로
천 번의 봄을 기다렸는데
그렇게 살아온 나무 아래
봄을 기다리던 사람들이 기다리지 못해
분노에 일그러져 던진 말 한마디가
가슴속 응어리 오랜 상처로
나무 아래 삭정이로 매달려 있다

너는 누구니

개미는 앞선 놈, 위 놈
제 몸보다 몇 배 큰 짐을 지고 가는 놈이
앞선 놈 뒤에 오미리 몸뚱이가 바삐 기어
어디서 와서, 언제까지 어디로 가는지
그저 앞선 개미 뒤따를 뿐이다

앞선 사람이 뛰면 뒷사람은 날아서
무거운 짐 지고 쓰러지면 짓밟고 달리는데
팔십 킬로 사람은 팔십 년간 고단하다

개미는 사십일
사람은 이만 구천 이백일
살다 죽는 것은 이리저리 왔다 가는 것인데
다시 저기서 누가 달려온다

슬픔이여

내가 한 그루 나무라면
비 젖고 눈 맞으며
그렇게 흔들리며
살아가는 나무면 좋겠다

내가 무거운 바위라면
바람과 비에 젖어
움직이지 않는 큰 산이 되어
살아가는 울림에 설레이면 좋겠다

내가 숨 가쁘게 올라가면
산마루 바위 아래
천년 나무가 반갑게 맞이하니
여기 오래 머물면 좋겠다

경찰

우리 한 그루 나무 되어
뜨거운 햇볕 가려주는
시원한 그늘 만들게 하소서

우리 하늘을 나는 새가 되어
이 세상 어둡고 추운 곳에도 날아가
기쁜 소식 전하게 하소서

우리 따뜻한 달빛 되어
잠 못 드는 사람들의 포근한 이불 되게 하고
길잃은 사람들의 믿음 되게 하소서

우리 누구이며 어디로 가는지
끝없는 의문을 스스로 묻고 대답하며
거친 세상의 경쟁자가 아니라 고단한 여행을 동행하며
성심으로 협력하는 동반자 되게 하소서

향수

내 고향 오월에는
여름보다 먼저 청보리가 오는데
푸른 가시 왕관이 파란 하늘 우러러 춤추면
세상에서 가장 빛나는 꽃

내 고향 오월에는
푸른 논에 쟁기질, 온 동네 모내기 살랑대며
산과 들이 춤추며 맞이하던 고향은
이제 사람 향기 사라진 회색의 콘크리트 빌딩 숲

철들지 마

세 아이가 내지른 묵 찌 바
누가 무엇을 냈는지
진 사람은 졌다고 이긴 사람은 이겼다고
그냥 지면 어때, 져도 좋아, 이겨도 좋아
아이는 어서 어른이 되고파
어른은 다시 아이가 되고파
아이는 어른의 아버지
아이들은 이기고 져도
빛나는 눈빛이 흔들리지 않으니
세상에서 가장 아름답구나

그렇구나

봄이 온다
빛나는 꽃으로

봄이 춤춘다
따뜻한 햇볕으로

봄이 눕는다
푸른 들판에

봄이 잠든다
홀로 핀 풀꽃으로

오래 살았구나

팔순노인 넷이 말싸움
내일 머 하지
모레 머 하지
내년 머 하지
십년 머 하지
날마다 경로당에는 그냥 말싸움

하늘과 땅이 어두워지는 창가에서
같이 놀자고 어서 오라 손짓한다

암벽등반

아빠 손을 감싸면 따뜻해요
아빠 손을 잡으면 든든해요
아빠 손을 흔들면 차가 서요
아빠 손을 따르면 산이 와요
아빠 손을 놓치면 무서워요
아빠 손을 잃으면 캄캄해요
꿈속에서도 아빠 손을 꼭 잡아요

낯선 여행

사람의 향기가 그리워 떠난 여행에
추운 사람들의 고단한 아우성이
찬바람처럼 기차역 들창을 때리고
어디에서 불어 왔는지 덜컹대는 새벽 열차는
고단한 호객꾼 할멈의 슬픈 눈을 뒤로하고
아픈 사람 하나 없는 종착역을 향해
캄캄한 터널을 지나고 다시 어둠 속으로 떠난다

첫 꿈

만지면 스러지는 둥근 달님을 안는 꿈이니
푸른 평원에 쏟아진 반짝이는 별님 꿈이니
하얀 솜이불 위에 편안히 잠드는 꿈이니
무서운 벽을 쪼아대는 고단한 꿈이니
노란 깃대를 세워 하늘에 닿는 꿈이니
언젠가 힘찬 날개로 날아가는 꿈이니
하얀 왕국에 빛나는 왕관 쓰는 꿈이니
평화로운 세상보다 더 아름다운 꿈이니

법(法)

시냇물 흘러 흘러 어디로 가나
산과 들에 굽이굽이 풀꽃 틈새로
하얀 꽃 노란 꽃잎 봄바람에 실어
저 멀리 세상 끝에 꽃향기 보내네

시냇물 흘러 흘러 바다로 가나
푸른 수평선에 갈매기 날고
부서지는 파도가 밀려오면
저 멀리 사람 향기 고운 꿈 꾸네

산막이 옛길*

파란 하늘 내려앉은 호숫가에
구름 한 점 어디론가 달려가더니
백두대간에서 남한강까지 휘돌아
한반도처럼 펼쳤는데
나무숲, 기암괴석, 아, 온통 숲 잔치
여기, 산골짝 숲길
산막이 옛길이구나

어릴 적 고향길
울 엄니 마실 길
맑은 날엔 나룻배 물길 따라
비 오면 빗길에 눈 오면 눈길에
추운 겨울 지나 다시 꽃피고 아, 온통 꽃 잔치
여기, 지상의 꽃길
산막이 옛길이구나

한평생 세간살이 등지게 지고
허리 굽은 울 아비가
먹이 찾는 산새 따라 구비구비 올라가시고
붉게 물든 산마루에 노을 지면
산 그림자 먼 마을로 돌고 돌아 내려오신 길

맑은 호수에 금빛 이불 차오르면
거기, 산이 눕고 숲이 잠들고
고단한 우리네 쉬어 가던 곳
여기, 천상의 산길
산막이 옛길이구나

*산막이길: 충북 괴산댐에 조성한 왕복 6㎞의 호숫가 산길임.

오, 내 사랑 목련화

수줍은 목련이 피울까 말까 망설이네
따사한 햇살은 어서 피라고 어루만지네
눈부신 봄날이 슬퍼 다시 먼 길 떠나네

하얀 속살이 붉게 보이는 수줍은 봄 처녀네
벗어놓은 하얀 옷에 햇살이 속삭이네
떨어진 눈물방울이 하얀 꽃비로 내리네

가을 편지

산이 불타나요
파란 하늘이 붉은 산에 안겼네요
구름 하나 돛단배처럼 달려가네요
빛나는 별들이 내려와요
타오르는 달은 바람에 흔들려요
오색으로 수놓은 단풍은 오랜 인연인가요
바람에 날아온 고운 단풍은
내 그리운 편지입니다

고단하다

속리산 법주사 쌍사자 석탑*은
비 오면 빗물을 눈 오면 눈물을
아침에는 천왕봉 햇살을 저녁에는 문장대 그림자를
낮에는 보은 장터 아픈 노래를 바람에 담고
한 많은 천오백 년 서 있는데
살다 죽고 다시 사는 거친 세상에서
암사자 흔들리는 꼬리와 수사자 불같은 갈기를
대웅전 빛나는 햇살이 날마다 어루만진다

*쌍사자 석탑: 국보 5호로 충북 법주사에 소재.

36

산유화

매운 눈발이 밤새 우는
늙은 소나무 홀로 사는 허물어진 절의 공양간에
고단한 중생이 남겨놓은 핏덩이 아기는 자라며
휘청대는 늙은 스님의 목탁을 들으며
한겨울에도 절을 지킨 아기 동자는
봄을 맞고 여름이 가고 다시 가을
가을을 남기고 떠난 노승처럼 아기 스님은
다시 빛나는 꽃이 된다

너였구나

노을빛 저녁에 오랜 친구가 그리우면
가슴의 응어리를 둥근 쟁반에 각진 수육으로 썰어
수만 리 동구에서 까만 보리와 하얀 눈보라로 날아온
흑맥주를 마신다

비 오는 저녁에는
고달픈 사람들이 토해내는
시큼한 욕지기가 부러뜨린 포장마차에서
막걸리 사발에 걸쭉한 아줌마가 정겹다

먼동을 기다리는데
호롱불 심지는 타서 재만 남고
눈물이 만든 한 잔 또 한 잔으로
밤마다 빈 가슴에 술이 흐른다

2부

아내여

그날은 먼 동네에서
우리 마을 천렵 온 꼬마 아이들과
논배미 얼음 위에 파란 하늘 싣고
자치기, 팽이놀이 빙글빙글 돌고 돌아
썰매도 지쳐 물 둠벙에 빠뜨려
매운 모닥불에 얼은 나일론 양발이
군고구마 불 쑤시며 깔깔 거렸네

축시
−어느 교수님 정년퇴임

계룡산 마루를 붉게 그리며
온 날을 이글대던 해가 눕는데
반백의 스승이 어제처럼 오늘도
강의실 창가에 떨어지는 햇빛을 받는다

한밭벌, 반 세 동안 날마다 갑천을 돌고 돌아
충남대 캠퍼스 우뚝 솟은 공학관에서
오직 학문 오직 화학에 묻혀
제자 사랑 학교 사랑 가득하셨다

한 해가 지는 것처럼
하루가 저무는 것처럼
한평생의 아름다운 낙화
그 찬란한 흩날림이 영원히 새겨질 것이다

황금빛 여명의 아침처럼
택함의 소명으로 가르치신
성공하는 꿈의 기술, 화학의 선구자
교수님이 흘리신 땀과 열정이
수많은 성취와 가르침으로 남았고
님의 뜻이 주옥같은 논문집으로
당신이 머물던 교정에 심고
이제 다시 세상에 나가셔
아름다운 지구 한 모퉁이에 예쁜 꽃 심어
생명을 살리고 세상을 빛내는
화학공학의 새바람으로 불어오신다

부디 행복하시고
여기 작은 후학들은
두 손 모아 감사드린다

득도

천년의 세월을 살아온 오누이 탑에
천둥 같은 폭풍우, 거친 눈보라에도
사무치게 사랑한 남매의 전설이
새벽이슬로 내렸는데
어느 먼 날
천방지축 아이들이 탑신을 돌며
스님처럼 두 손 모아 절을 하는데
산 그림자는 빙그레 웃는다

늙은 쟁기

내가 세상을 처음 본 날
아버지는 오일장 대장간에서 쟁기를 사셨는데
논두렁에 뛰놀던 아이의 장난감이던 쟁기는
한두 해 어느새 스무 살 늙어가는 소 뒷발굽에 채더니
무너진 시골집 귀퉁이에 붉은 녹을 차려입고
새 주인을 기다리고 있다

백두대간

산의 정상에는 꽃의 절정
산마루에도 온통 꽃 잔치인데
여름이 넘나드는 바람은
태백 준령의 전설을 노래한다

나무가 외로워 눈물을 흘리고
실개천이 폭포가 되어가는
백두대간 숨겨진 이야기는
봄, 여름, 가을, 오늘까지 전해온다

송아지 오신 날

온 동네 밝히던 송아지가 나온 날
그 집의 기쁨이 온 마을의 잔치
암소 울음소리는 새벽 여명에 잦고
아궁이 물 지펴 여물통 들락거리고
사람처럼 열 달 배불러 첫 송아지 오셨다

보릿고개 걱정할 때
축산장려금 보물 송아지가 세상에 오셔
별들은 더 빛났고 햇살은 더 밝았고
굴뚝 연기는 더 높이 날았고
온 동네가 새 생명의 노래를 같이 불렀다

반려견

산과 들에 물동이가 내리듯 비 붓고
사람처럼 아우성치는 빗속에서
마당에 널어놓은 고추, 콩이 비 맞아 달려가는데
앙증맞은 강아지가 이빨로 낑낑대며
가마니 옆구리를 바지처럼 물어 당기는데
사람이 먹는 것이 젖으면 안 돼
어린 풋 강아지가 가슴으로 달려오는데
아득한 날 사람 살린 강아지 이야기는
그래 네가 사람이라고 한다

환생

파란 하늘 올려보는 궁남지 연못에서
어떤 아줌마는 꽃잎으로 모자를 만들고
할멈은 봉우릴 흔들어 벌을 찾고
백마강 퍼 담은 궁남지는 사비왕궁의 시궁창이지만
삼천궁녀가 낙화하여 연꽃으로 다시 태어났으니
이 세상 빛나는 부처님 미소

거기 산이다

산이 외로워
가끔 눈물 흘릴 때면
골짜기 가득한 눈물방울 모여
세찬 폭포로 흐르니
거기 산이 있다

아침 햇살이
길게 자리 핀 산등성이
속살에 고루 퍼지면
산새들 노랫소리 울려 퍼지니
거기 산이 있다

산속의 숲 잔치
숲속의 꽃 잔치
봄, 여름, 가을, 겨울
천상의 식탁에는
날마다 잔칫상이니
거기 산이 있다

근원도 없이 불어온 바람처럼
산사람들 외침이 거친 메아리 되어
푸른 숲이 흔들리고
들꽃의 향기에
산이 춤추는데
거기 산이 있다

산 그림자 내려오면
사람도 떠나고
나뭇잎은 고개 숙이고
꽃잎도 스러지면 온 숲이 잠드니
거기 산이 있다

별이 새겨진 하늘에는
달이 누웠는데
내일 오실 손님을 기다리는
아침밥상 만드는
산짐승의 울음소리가 밤새 가득하니
거기 산이 있다

길을 찾는다

하늘이 밤새 뿌린 눈물이
세찬 폭포로 쏟아지는데
부지런한 새가 불러들인
아침 햇살이 속살에 고루 퍼지면
숲에 놀던 꽃들의 식탁이 펼쳐져
날마다 새 손님을 기다리고 있다

저만치 노루 한 마리가
산마루 잔칫상에 먼저 올라앉고
휘돌아 불어온 바람에 나무와 잎새가 흔들려
들꽃의 향기에 배불러진 노루는 누워 버렸다

숲속의 잔치가 끝나고
홀로 된 노루는 왔던 길을 찾는다

같이 살자

밀물과 썰물이 낮과 밤을 만들고
강물과 바닷물이 넘나드는 금강 하구엔
민물, 바닷고기 서로 이름 부르며
물새와 바닷새의 그리움이 만나는 곳
이다지도 온갖 생명이 팔딱대는 이곳은
해상이며 지상 그리고 사람 사는 낙원이구나

아, 옛날이여

가문 날엔 갈라진 손바닥으로 큰비 기다리던
청벽산 아래 나루터에 허물어진 오리배가
비 오면 열고 가뭄에 닫아 큰물 금강보를 바라본다

달빛

아내가 입혀 주는 비단옷을 입을 때면
옛 초가 창호지를 밤새 사각대던 누에가 떠오르고
새벽안개 산기슭 뽕잎을 따며
보랏빛 오디를 먹던 허기진 어린 날이 생각난다

좁쌀알이 애벌레로 보름 동안 자라며
평생 먹은 뽕잎을 실로 풀어내 하얀 집 짓는데
비상하던 하얀 꿈 꾸던 날 사람의 밥상에서
번데기는 비단옷을 입지 못하고 먹거리로 사라진다

초승달로 태어나 둥근달로 자라며 따뜻이 비추듯이
한 달 누에는 빛나는 비단 만들고 몸은 사람에 주니
이 세상에서 오직 헌신하는 너는 따뜻한 달빛이다

어디로 가니

찰랑대는 어선이 별처럼 합창하는 서해 천수만이
콘크리트 간척지 특화도시 되었는데
수만 리 고향 찾은 철새가 길을 잃고
사람들의 발자국 위로 마지막 보금자리 간월암* 사이를
훠이 날아가고 있다

*간월암: 서산 간월호 간척지 내에 암자이다.

계산기 수치

어디로 가는지 모르며 달리는 사람 속에서
돈, 명예, 권력은 담아 둘 수 없는데
성공은 꽃이요 행복은 뿌리라면서
예쁜 꽃에서 꿀 찾는 나비처럼
날지 않으면 떨어지기에 온몸으로 파닥대는데

태어날 때는 사람들이 기뻐 웃는데 울면서 왔고
죽을 때는 사람들이 슬퍼 울지만 웃으며 간다면
진정한 행복은 지금 이 시간
나비는 삼십일, 날벌레는 하루
사람은 이만 구천이백일 주어진 시간 동안
기쁨은 더하고 슬픔은 빼고
사랑은 곱하고 행복은 나누는
전자계산기 붉은 숫자는 오직 선택이다

그리움

먼 날 엄니 따라 오일장에 가면
힘깨나 쓰던 삼남 장사치들 자리싸움에 살풀이도 하고
젖가슴 내민 적삼 아줌마는 고무 신발 벗겨지고
멍석, 삼태기, 조롱박 바가지 만물상 널렸는데
능수버들 늘어진 노점에 성님 잘 있나, 아제 시끌적
엿장수 가위질에 각설이 춤추는데
오늘은 아들 손 잡고 그리운 엄니 흔적 찾으러
구부정한 할멈 할범이 어슬렁대는
희미해진 오일장에 가면
옛 사람들 떠났지만 세월 묻은 옛 물건 가득한데
인터넷에 빠진 내 아들은 온통 핸드폰만 보고 있다

가야 할 때

나무는 햇볕에 숨고 장대비에 젖고
그늘로 모여 합창하고 계절 따라 소풍 갈 때는
은행, 사과, 배 이름의 나무들은 색동옷으로 갈아입고
땅과의 인연 따라 먼저 떨어지거나 버둥거려 매달리거나
마지막 잎새 떨어져 땔감이나 언 땅의 이불로 되어
그렇게 수천 년 살며
나무는 일 년에 한 번 옷을 벗고 다시 새 옷을 입는데
사람은 밤마다 옷을 벗고 날마다 입으며
그렇게 짧은 이름 석 자 남긴다

비싼 그림

누런 벼 사이 허수아비 홀로 바람에 춤추고
한여름 뜨겁게 타오르던 저수지는 살아남아서
쪽빛 바다보다 더 파란 하늘이 앉았는데
물방개는 뛰고 잠자리는 날아가고
노을빛 연기가 밥 짓는 집에서 피어나고
낮에 떠났던 별들이 왕관처럼 빛나면
세상이 보고 싶어 급한 별똥별은 내려오고
새벽까지 잠 못 든 별들은 서리로 쏟아지고
먼 산을 넘어온 태양이 이슬을 마시는
하늘이 그려 비싼 호당 억대 그림

왕국

단풍잎은 붉은 꽃비처럼 내리고
다람쥐는 도토리 물고 멧돼지는 나무등걸 헤집고
새는 절벽 위로 날고 계곡에는 물고기 놀고
온갖 생명이 팔딱대는 산속의 왕국에
길 잃은 산 그림자가 붉으레 내려온다

아내여

여기 내 세상의 아내요

흐드러진 풀꽃처럼
맨 낮에 철 지난 몸빼바지가 촌스럽지 않은 여자
푸른 숲 속에서 바윗돌과 계곡물을 두드리는
질박한 단지 같은 여자
모르면 모른다며 작은 것에 만족하고
가족을 먼저 생각하고 남의 행복에 신나 하며
노을을 바라보고도 잘 우는 여자
비가 오면 빗길을 눈이 오면 눈길을
고단해도 불평 없이 따라와 줄 여자
낮에는 햇빛 되고 밤에는 달빛 되며
때로는 눈물이 되고 때로는 그늘이 되고
비 오는 날 기꺼이 우산이 되지만
비 온 후 햇살보다 더 빛나는 여자

저기 내 세상에 하나뿐인 아내요

그리운 사람

외롭다며 저녁노을 산마루가 어두울 때까지
같이 있어도 사무치는 그 사람이다

노년의 망망대해에서 거친 파도에도
죽어도 함께 있어 줄 그 사람이다

빛나는 아침, 슬픈 노을, 쏟아지는 별
잠 못 드는 달님은 모두가 그리운 그 사람이다

그리운 엄니

천장에 붙어 밤 새운 꼬마 연이
산 넘어 세상 꿈을 싣고
드넓은 들판에 걸려 빙글빙글 날아올랐다가
한 눈 팔면 어구 떨어져 낚아채네

그날은 먼 동네에서
우리 마을 천렵 온 꼬마 아이들과
논배미 얼음 위에 파란 하늘 싣고
자치기 팽이놀이 빙글빙글 돌고 돌아
썰매도 지쳐 물 둠벙에 빠뜨려
매운 모닥불에 얼은 나일론 양발이
군고구마 불 쑤시며 깔깔 거렸네

울 엄니 이십 리 길 오일장에서 오실 때는
눈깔사탕 호떡 검정 고무신 하얀 봇짐 보이면
남색치마 너울대며 고개 넘을 때
아이들 재잘거림이 저기로 달음질 되네

흩어진 어린 날은 빛바래 수채화로 남아
날마다 꿈속에서 꾸부러진 베적삼이
장바구니 봇짐에 나풀거리면
달과 별이 수놓아 하얀 밤에
딱 한 번 사무치는 울 엄니 꿈속에서 만나네

검문소

천둥을 동반한 폭풍우가 쓸고
폭염에 이글대고 눈보라에 얼어붙고
안개가 자욱대는 길가에 경찰은 산다

칠번 국도를 내달리는 둥지 찾는 새들이
지친 날개 쉬어갈 때 까만 연기 아래 차 밑에서
썩은 생선 찾는 경찰은 산다

황산벌! 노도처럼 신라 말굽 이곳에 들이치던 그 길목
계백의 혼이 지키던 옛 이름 황산벌 연산 검문소에서
천년의 충정으로 경찰은 산다

희망이여

세월을 이기고 밝은 세상으로 떠나려
칼날 같은 새벽을 가슴에 품고 혼자 우는 새
산다는 것은 길을 찾는 것
텅 빈 그림자와 마지막 피를 토하는 몸부림으로
가야 할 길을 찾는다
아득한 교회 종소리에 설레던 동심은 없고
초침 소리는 심장처럼 째깍거리고
삼삼해지는 동구 밖 모퉁이에
하나 둘 돌탑 쌓는 아내는
다섯 손가락 힘껏 깨물어
빨갛게 그린 오선지 위로
당신이 보내주신 빛나는 해가
잠들 준비를 하고 있다

간절한 기도

천둥을 동반한 거센 비바람이 불어와
가릴 것 없는 낮은 벌판 한가운데
장대비 흘러 누런 물 첨벙대는 연병장에도
무지개 빛 밝은 햇살이 쏟아지면
솜에 젖은 진압복을 말린다

내일 다시 현장에서 부닥칠
쇠파이프와 화염병을 두려워하며
민주에 목마른 젊은이와
거친 비바람에 고단한 사람과
친구 같은 아버지가 되어
밤새워 아우성치며 돌팔매 하던 이웃을 부둥켜안고
따뜻한 눈물을 함께 흘렸다

비바람이 잠들고 따뜻한 날에 다시 만나자며
경찰기동대 동료들의 아파했던 기도소리가
환청처럼 들린다

추풍령

황학산 마루에는 들꽃이 피고 지고
잎새에 스치는 바람에도
나무는 외로워 눈물을 흘리고
눈물 젖은 빗물이 폭포로 쏟아지는
백두대간 한가운데 추풍령 고개에
고단한 돌탑이 수천 년 서 있다
벗은 나무에 꽃 피면
푸른 숲이 되어 산새들 날아들고
온 산이 붉게 타오르다 하얀 재로 남아
추위를 이기고 다시 꽃 피고
그래 언젠가 그날에도
사람들은 돌탑을 바라보며
돌고 돌아 한양길 영남길, 끝없는 길을 따라
추풍령을 넘는다

내 조국 내 나라
−대전 현충원에서

보이나요
계룡산 산허리를 휘감은 파란 하늘 아래에
현충탑을 덮은 푸른 초목이
춤추고 있네요

들리나요
차가운 묘비 아래 당신도 따뜻했던
그날 심장의 고동이
초침처럼 흔들리고 있네요

숨 쉬나요
내 나라 내 땅을 지키던 당신은
호국영령의 나비가 되어
꽃향기로 날아왔네요

만져봐요
이름 모를 산하에서
초연처럼 사라져간 전우의 살점이
푸른 솔의 잔가지로 흔들리네요

울어봐요
분단의 아픔에 죽어간
동포의 눈물이 이제는
폭우처럼 쏟아지네요

고요한 이 아침
대전 현충원을 적시는
이슬로 내려오신 당신은 누구신가요?

이 땅의 찢긴 아픔이
눈물처럼 내리는 비 오는 날에도
이름 모를 풀꽃은 피어나고
자유와 평화를 외치는 햇살 쏟아지면
어느 날엔 이 땅 온통 꽃밭 되리니
그래 70여 성상 피맺힌 절규
한민족 한겨레의 응어리진 가슴을
충혼의 바람으로 흩날리게 해 주셔요

영동에 살지요

월류봉에 오르면
산 그림자 내려와 한천 팔경에 가득한데
굽이굽이 내 나라 한반도 땅이구나

이수천 강가에 서면
무지갯빛 내려와 양산 팔경에 어리는데
거기 얼싸둥둥 난계 국악 들리는구나

양산, 심천에서 흘러온 금강에
금성산 노을처럼 날아온 백로 떼가
물길 따라 산길 따라
어서 오라 손짓하는구나

복숭아꽃, 사과꽃, 감꽃이
꽃 잔치 벌이는 산골짜기마다
영동사람 땀방울이 포도송이로 맺고
맑은 눈물은 와인으로 익어
마을마다 풍년 노래 가득 하구나

푸른 산은 하늘처럼 높고
깊은 물은 옥토를 품고
어느 산자락에서 소리치고
때론 비단강가에서 은빛 고기 낚고
그저, 산이 물이 좋다 하는 사람은
모두가 따뜻한 영동사람이구나

그래, 산 높고 물 맑은 영동에서
산처럼 말없이 물처럼 흐르며
영동에 살지요
모두가 빛나는 영동 사람이구나

*충북 영동경찰서장 근무(2015)

봄 오는 길

깊은 산속 작은 암자에서 노승 독경소리는
산새만 알아듣는 외로운 울음 되어
노을 진 석양 아래 서러워서 저리도 구슬피 우네

한겨울 오랜 잠자리 임의 발자국에 깨어나
눈 내린 세상에 밝은 햇살 눈뜨면
하얀 솜이불이 바람에 날려 하늘에 닿는 길 만드네

상선약수(上善若水)

시냇물 흘러 흘러 어디로 가나
산과 들 아래 굽이굽이 계곡에 핀 들풀 사이로
샛노란 꽃이 싱그런 봄바람에 날아가
저 멀리 세상 끝에 꽃향기 나르네

시냇물 흘러 흘러 바다로 가나
푸른 수평선에 갈매기 날고
부서지는 파도 소리 밀려오면
저 멀리 그리운 사람이 물처럼 오네

너였니

세상 나온 어린 애완견을
가슴에 안고 이리저리 자리 펴고
한 십 년 긴 울음을 삼키더니
사진 한 장 남기고 하늘로 떠났는데
십 년 명줄인 줄 알고도 이리 멍들어
집 마당 감나무 아래 묻었는데
아직도 집에 들어서며 꼬리치는 강아지를 안으려면
감나무 그림자가 저만치 달아난다

떠나자

연한 나무순이 방긋 웃었는데
바람 불면 푸른 깃발 흔들다가
천둥엔 떨고 폭우에 눈물 흘리다가
햇살에 줄기 세우고
매미 울음 잦아들면 먼 여행 꼬까옷을 입는데
당 단풍, 신나무, 시닥나무, 고로쇠, 복자기
여름날 사무친 그리움이 이름 지어준 그대로
스산한 산마루에 바람처럼 스러지며
찾아올 봄을 기다린다

3부

장에 가신 엄니

출근길에 마누라는
시든 채소 사지 말라 엄포 무섭고
대형마트 싱싱한 야채 어른대지만
늙은 소 같은 할멈의 간절한 눈빛을 산겨
내일 또 온종일 폭염에서 고단하실 할매의
아침밥상을 미리 사 드린겨

장에 가신 엄니

엄니는 내일 장에 가신다

달걀 한 줄에 닭장이 닳아
비바람이 만든 참깨, 고춧가루를 보따리로
새벽에 쩌놓은 감자 소쿠리, 숭늉 한 사발 남기셨는데
새벽처럼 잠든 나는 이 십리 길 떠나는 엄니는 잊고
썰매 메고 뒷집 길동이와 종일 얼음 지치다
물 빠진 발이 시려 털신 사달라고 떼쓰며 돌아누운 밤
무거운 짐보다 비싸게 사 오신 하얀 털신이 눈처럼 내렸고
새벽 초승달은 엄니의 흰 저고리처럼 내려오셨다

엄니는 장에서 아직도 안 돌아오셨다

셋방살이

아이가 학교에 잘 다니고 정든 집에서 오래 살고 싶었는데
미국으로 이민 간 집 주인이 한 달 내에 비우라고
여기 살고 싶은데 허름한 옆 동네로 이사 가야 해
이 년 만에 전세금은 두 배 올라
엄니 옷고름 돈도 빌리고 잘나가는 동창 녀석에 손 벌렸다

이사 가던 날 바퀴벌레와 개미가 허락 없이 먼저 살고 있어
너희들 돈 한 푼 안 내고 이럴 수 있냐고
버럭 소리 질렀지만 전세는 사람 일이라고 대꾸도 않는데
가고 싶으면 가고 오라면 오고
하늘 아래 어디든 지네들 집이라는데

무법자들과 언제까지 살아야 하느냐고
벌레보다 못하다며 아내는 밤새 울었다

부끄럽다

비 온 날 들판에 서면
몇 날을 기어서 네 어깨 저민 강가에 숨어도
밟으면 꿈틀하며 죽어 버리는 너는
할퀴는 발톱 물어뜯는 이빨 쓰러뜨리는 독침도 없이
밟히면 창자가 터지고 산산이 흩어져
남은 것은 다 주는 땅의 조물주
썩은 땅에 생명 주고 새에게는 먹이 되어
작은 세상이 끝나는 날까지 오직 남에게 바치니
작은 벌레로 고단하게 살지만
태생부터 헌신을 배운 너는
위대한 대지의 창조자

푸른 지구는 지렁이를 기억한다

너와 나

내가 꽃 피고 네가 꽃피어 빛나는 꽃밭 만들고
잎이 물들고 숲이 흔들리면 온 산이 불타오르고
나 잘하면 내 삶이 달라지고
너 잘하면 세상이 춤을 추고
산새가 힘차게 날아오르면 계절이 빨라지고
햇살이 반짝이면 오곡백과 가득한 들판

너와 나 산천초목 삼라만상이 본래 하나
혼자는 살 수 없구나

산이 좋아

산이 밤새 외로워
가끔 눈물 흘릴 때면
땅에 떨군 눈물은
세찬 폭포로 흐른다

산이 온통 푸르러
산새 노래 가득하면
아침 햇살이
속살에 고루 퍼진다

거기, 숲속의 꽃 잔치
봄, 여름, 가을, 겨울
천상의 식탁에는
날마다 손님을 기다린다

어디선가
노루 한 마리
저만치 뛰어오고
나그네 홀로
산마루 올라와 친구가 된다

근원도 없이 불어온 바람에
푸른 숲이 흔들리고
들꽃의 향기에
산이 춤춘다

산 그림자 내려오면
나그네는 다시 길을 가고
노루는 어디로 가는지 모르는데
꽃잎이 스러지면
나무는 고개를 숙이고
거기 숲이 잠든다

하나님은
하늘에 별을 심었는데
혼자 남은 산은
내일 오실 손님을
밤새워 기다리신다

길

아무리 걸어도 사람은 없고
걸어온 길처럼 무성히 풀만 자라고
오르막이 길면 내리막도 길고
산이 가파르면 절벽도 깊어지며
두려움이 어둠처럼 다가왔다

산다는 것은
어두운 풀숲을 혼자서 걷는 것이라며
고단해도 울지 않고 산 고개를 넘으니
아침 햇살이 풀숲 이슬에 반사되어
동녘에는 빛나는 풀꽃이 피었다

내려가는 길은 굽이굽이
샛길도 다 보이는 밝은 길이니
걸어온 길보다 걸어갈 길들이
이글대는 태양 아래
저멀리 끝없이 이어졌다

날개가 없다

사람의 향기가 못 견디게 그리우면
푸른 하늘을 보아라
구름 벗하며 고향 찾아 날아가는
철새들이 보인다

세상의 한 모퉁이 시끄러워 잠 못 들면
높은 하늘을 보아라
별똥별이 만든 길 따라 먼 나라로 날아가는
비행기가 보인다

나는 날개가 없다

소녀의 기도

하얀 벽 속에 숨겨진 황금이니
만지면 터지는 하얀 달님이니
엄마 품 이불 펴고 잠들었니

하얀 벽 속에 숨어 무슨 꿈꾸니
넓은 세상 나가는 고운 꿈이니
언젠가 노란 병아리 나는 꿈꾸니

어린 너는 시냇물 따라 어디로 가니
굽이굽이 산과 들에 풀꽃 헤치니
노란 꽃 봄바람에 향기 퍼지니

저문 바닷가에 갈매기가 노을을 안으니
부서지는 파도 소리에 화들짝 날아가니
먼 세상 사는 고운 꿈이 젖어 오니

달님

수줍은 아이가 가던 길에 앉아 망설이네
무성한 별들은 어서 가라 속삭이네
슬픈 봄날이 떠나며 하얗게 스러진 꽃

어두운 밤길 비추는 달님으로 태어나
잠 못 든 아이에겐 따뜻한 솜이불 되고
세상이 잠들 때까지 혼자 우는 꽃

언제나 그 자리에

아기처럼 웃으며 세상에 나와
바람 불면 푸른 깃발 흔들고
천둥 번개에 눈멀고 장대비에 울고 햇살에 웃고
천고의 나무는 무거운 지구를 가볍게 들어 올리며
사랑하는 가족처럼 살았다

산 그림자가 길어진 날
무더운 외로움이 응어리진 열매는 뒹굴고
먼 여행길을 손짓하는 노을이 펄럭이면
천고의 나무는 거친 바람에도 뿌리 깊어
사랑하는 가족처럼 살았다

가을아

노란 가을이 살포시 내려앉은 들판에
허수아비 홀로 볏 머리 기대고
밤새 허기진 장끼 한 마리는 이삭 찾아 달리고
무더위 장마에도 용케 살아남은 저수지엔
쪽빛 바다보다 더 파란 하늘이 있는데
고추잠자리 포물선에 물방개는 뛰고
잉어 떼는 하얀 뱃살 드러내고 지친 연꽃은 잠드는데
무지갯빛 춤추는 하늘과 땅이
붉은 노을 사이로 떠나가고 있다

성불(成佛)

바람 따라 하늘 향해 푸른 깃발 흔들고
천둥에 떨고 폭우에 장대 눈물 흘리고
햇살 내리면 노랗게 물들고
울다 지친 사람들은 떠나고
한여름을 이겨낸 열매는 떨어지고
먼 여행길 준비하던 석양이 물들고
다시 찾아올 봄이 만든 처음

살다 보니 조금씩 세상 이야기가 들린다

엄니가 오신다

엄니는 내일 장에 가신다

닭장을 여닫으며 달걀 한 줄 만들고
가을 내내 털어 만든 참깨와 고춧가루를 한 보따리 지고
잠든 내 머리에는 감자 소쿠리, 숭늉으로 아침을 알리고
이십 리 오일장으로 떠나셨다

할아버지 만든 썰매 둘러메고
뒷집 길동이 뒤따르며 얼음장에 누어
어스름 석양에나 돌아오실 동구 밖을 보았다

어디쯤 계실까?
오늘은 털신 사달라고 조르지 말아야지
그날처럼 새벽잠에 뒤채면
엄니의 흰 저고리가 하얗게 덮인다

엄니는 내일 장에서 오신다

손님

대문 옆 외양간에는 밤이 깊어 구슬픈 어미 울음에
첫 송아지가 세상에 오신다고 온 동네가 불춤추고
아궁이 여물통 뜨거운 김이 퍼지면
열 달 동안 숨어있던 네발이 땅을 밟는다

아기를 낳으면 입 걱정하던 그 옛날에
축산장려금을 받는 비싼 송아지가 세상에 오신 날은
어스름 안개를 걷어내며 아침햇살이 피어오르고
온 동네 노랫소리가 굴뚝 연기처럼 울려 퍼진다

다 아프구나

나무는 아마 천년을 살면서
웅어리 헤진 등창이 하마 아파도 표정 없이 참으며
잔가지 짙은 푸른 새순 돋았나니
사람들은 그저 땡볕을 피하는 무성한 그늘로 생각하지만
오랜 세월 짓눌린 나무는
살아가는 일이 힘들다 한다

나무는 아침 햇살에 밝게 웃고
한낮 더위에 몸을 떨고
간혹 비 오는 날에는 눈물을 흘리고
저녁에는 가지를 축 늘여 긴 한숨에
고요한 밤에 뒤척이나니
그렇게 천년을 보고 듣고 아파했던
생각의 웅어리를 삭정이로 털어 낸다

생각하는 만물의 영장
사람도 나무 아래 서면
나무가 그린 그림이 너무 빛나서
나무를 보듬고 살아갈 자리가 작게 보인다

누구 없소

보름달이 환한 밤에 퇴직 앞둔 이 경감은
휘청대던 도시가 춤추는 골목길을 걷는데
어느 집 욕지기와 패거리 아이들
담배 연기 사이를 걷고 있다

깊은 밤에 잠들지 않고
매연 속 주정뱅이 살펴주는 사람
길 없는 아이에 엄마같이 지난 사십 년 그 사람이다

당신이 달빛 비추는 창가에서 편히 잠들 때
세상이 토해내는 오물을 치우며 남몰래 눈물 감추고
달빛처럼 다가와 자신의 눈물을 적셔
서러운 사람들의 눈물을 닦아주던 그 사람이다

아내의 시

언젠가 달빛이 창가에 가득한 밤
여보, 시집 낸다는 소식 들었는데
시 제목은 『달빛, 세상을 비추다』로 하자구
달빛처럼 어두운 밤을 따뜻하게 비추는 달빛이
당신이 꿈꾸는 경찰이라며
내가 시 쓴다고 안 했기에 어떻게 아느냐 물으니
자기는 모르는 것이 너무 많단다
날마다 한 이불 덮는 부부로 살면서
이다지도 가슴 저미며 밤새 뒤척였는데
아내가 열 살 때 써 본 달걀이라는 시라며 말해 주어
들은 대로 외워 버렸네
"하얀 벽 속에 감춰진 노란 금덩이
만지면 터질 것 같은 황금아
문을 꼭꼭 닫고 무슨 생각 하나
아마도 바깥세상 고운 꿈 꾸겠지"
사 십 년이 지났는데 저리 고운 시심 있었나
당신은 나를 너무 몰라
가슴을 저미는 삭정이를 가슴에 곱게 묻은

내가 너무나 모르던 여기 사랑할 아내요

경찰관의 기도

신이시여!
봉사와 질서, 안전하고 행복한 나라
하늘이 내린 신성한 사명을 늘 생각하여
두려움을 이길 강한 힘을 주소서

가고 싶지 않은 곳에 달려가는 용기와
춥고 낮은 곳에서 헌신과 희생으로
거친 폭풍우에도 빛나는 등대로
고요한 아침을 맞게 하소서

불의와 불법에 굽히지 않는 양심과
갈등과 위험을 잠재우는 지혜로
아파하는 눈물을 닦아주는 사랑으로
작은 것에도 성심으로 낮게 임하소서

보이는 것으로만 편견으로 판단하지 말고
약한 분들의 울분을 가족의 억울함처럼 생각하고
나를 신뢰하는 이웃에게 진실한 친구 되어
온 누리에 푸른 민중의 지팡이 되게 하소서

매일 밤늦게 가족의 품으로 돌아와
새벽 첫닭 울음으로 집을 나서며
일생을 부지런히 일하다 삶을 마치면
남아 있는 내 가족을 사랑으로 지켜주시고
흉포한 범죄와 처절한 사고로 순직한
동지의 숭고한 영혼이 우리를 지키소서

고단하구나

푸른 여름을 이끄는 봄
텅 빈 겨울을 만드는 가을
온갖 속세의 응어리를 배낭에 가득 메고
가보지 못한 극락을 그리며
산 같은 바위를 두 손에 모으고 저아래 내려보면
산은 산처럼 계곡물은 물로 흐르는데
흩날리는 먼지처럼 앞에서 밀고 뒤에서 당기고
모두가 고단하구나

변사체

일요일 오후 형사 당직실
김 형사 곤한 잠을 깨우는 이십 년 된 전화 다이얼
어느 산골짜기 등산로 옆 나무에 사람이 달려
어디선가 날아든 새 떼들이 덮어 두 달은 지나
입은 벌려 하늘로 구두는 땅에 벗겨져
개미처럼 많은 사연이 쉼 없이 퍼 날라지는
죽은 삭정이 등걸에 허리띠 묶어
두 팔 벌려 축 처진 오동잎
처음 빈 몸으로 왔지만
떠날 때는 날아가는 새 떼에게 외로움을 나누는
주인 없는 어느 변사체

아침밥상

빛바랜 공주 산성시장 어귀에 하얀 진물 흐르는 할멈은
눈비 오나 무더위에도 머문 자리 떠난 적 없이
달래, 씀바귀, 냉이를 시든 허리춤에 엮어 왔건만
햇빛 지글대는 매연에 말라가고 할멈의 콜록대는 가래침이
금학 순마 순찰하던 김 경사에 뿌려져
할매 많이 파신교 다 말라 뿌렸네
코로나로 사람도 읍구, 장사 안 돼, 산 입에 거미줄이야
떨이 얼만교, 만 원만 달라는데
출근길에 마누라는 다신 시든 채소 사지 말라 엄포 무섭고
대형마트 싱싱한 야채 어른대지만
늙은 소 같은 할멈의 간절한 눈빛을 산겨
내일 또 온종일 폭염에서 고단하실 할매의
아침밥상을 미리 차려 드린겨

새벽은 온다

까만 밤이 소리 없이 내려도
우리는 무섭지 않아요

어둠은 빛을 이기지 못하고
빛은 언제나 새벽처럼 와요

밤이 깊을수록 촛불이 더욱 빛나듯
그대 눈빛이 별보다 더 빛나는 것은
깊은 어둠이 그리움 키웠고
새벽은 햇살처럼 날아오지요

여행 가는 날

나무 같은 나를 믿고 따라와요
그대 꽃이라 십 년이면 열 번 변하지만
나는 나무처럼 천년 나이테입니다

끝없이 이어진 숲을 지나 산마루에 이르면
높은 성루에 사는 꿈같은 공주를 만났는데
어디로 떠날지 어디 사는지 묻지 못하고
볼 수 없는 그리움만 그림자로 내려왔어요

노을이 푸른 잔디밭에 누운 날
바람 부는 강가에 떨어진 해님은
언제까지 스스로 빛나야 하느냐고
달님을 부르고 별님에게 손짓하는 것처럼
멀리서 빛나는 유혹에 아무 준비 없이
꽃 같은 그대를 찾아 여행을 떠나요

언제까지

쉼 없는 밀링 선반 사이로
피부 다른 이방인 손놀림이 흔들리다
불춤을 추던 공장이 잠들고
이방인의 옥탑방에서 한 모금 담배 연기로 만든
자유로운 포물선으로 고향에 편지 보내면
한 사람도 꽉 차는 좁은 방 안에
덕지덕지 붙여진 이역만리 가족사진이 대답한다

그 먼 날 이 땅의 젊은이들
서독 막장 광부, 시신 닦는 간호사, 열사의 노동자로
밤마다 좁은 방에서 숨죽이며 부르던
그날의 고향의 봄 노래를 이분들이 다시 부르는데
새벽을 기다리던 이방인의 붉은 눈물을 볼 때마다
날마다 가족이 챙겨준 양복에 따뜻하게 출근하며
옛날 선배들의 고통을 다시 생각한다

베트남 새댁

맨발로 자란 어린 날이 애처로워
동방의 고요한 나라에 시집온 새댁은
동네 아줌마의 험담에도
시댁의 폭언과 무시에도
외양간의 소처럼 새벽같이 일했다

사람들은 다문화 가족 회색빛으로 바라보지만
한국사랑으로 목메인 가슴은
오늘도 남쪽 호치민으로 가는 비행기에서 보이도록
"내 사랑 코리아"
시린 입김을 모아 둥그렇게 써서 보낸다

산다는 것

사는 것은 낯선 곳에 나를 던지는 여행
너와 헤어지고 걸어온 발자국이 흐트러져
행복을 만나려 떠난 길에는
푸른 하늘과 구름이 물 따라 흐르고
산이 강에 앉았고 소나무 위에 새가 날고
꽃 한 송이 절벽에 혼자 앉아 세상을 보고 있다

바닷가 사람 아우성, 새벽 비릿한 어시장
유흥가에 흩어진 토사물과 새벽 인력시장의 화톳불
종합병원 응급실, 화재, 범죄현장
오고 가는 사람들이 소용돌이치는
사람 사는 세상 얘기 들으려 귀를 쫑긋 세웠다

그 모두가 행복인 것을 알 때쯤이
언젠가 가야 할 때

빛나는 꽃도 다 진다

봄

길은 멀고
바람 불고
해는 지고
달은 뜨고
꽃은 피고
꽃은 지고

먼 길도 저마다 길이 있어
봄이 손짓하면 보이는 곳에 있고
이유 없는 슬픔이 맹목적인 사랑을 만나
찬란한 봄빛에 잠겨 구름을 만들고
눈물처럼 봄비로 내리고
무지개를 안은 하늘 향해 산이 호수에 앉고
푸른 솔은 산마루에 새는 나무에 앉고
나는 빛나는 꽃 잔치 초대받아
하늘과 땅에 가득한 향기가 울려 퍼지는
봄이다

빛나는 아침

따뜻한 비단강 언덕에
예쁜 집을 하얗게 지었으니
즐거운 노랫소리 집안 가득 울려 퍼지고
밝은 유리성처럼 이웃에겐 활짝 열리지만
마음 응어리는 여기 잠시 머물지 못하니
혜성처럼 떨어지는 별을 그려 봅니다

햇빛 아래 언덕에 기대어
흘러가는 구름 따라가고
별빛 아래 금강에 잠겨
은빛으로 솟구치는 물고기 보며
넘치는 행복 가득 채웁니다

앞산에 해 뜨면 길이 보이고
금강을 건너면 문이 열리니
계절 따라 아름다운 꽃 피우고
산처럼 말없이 물처럼 흐르며
빛나는 아침 맞이합니다

가난한 귀향

추운 이국땅에서 고향 노래 부르다가
흑백의 건반 위에서 춤추다 쓰러지며
음악에 울부짖던 어린 날의 종착지를
바람이 머무는 이곳에서 찾았으니
이제 돌아와 흙에서 들려오는
섬김의 메아리를 압니다

하늘과 마주한 산자락에서
금강 따라 피어나는 안개 그 구름 위에 앉아서
슬퍼지면 달을 보고 외로우면 별을 세고
추워지면 햇빛 받고 무서우면 강을 보면서
차츰 바람도 운다는 것을 압니다

봄이면 풀꽃이 춤추고
한여름 푸름에 스러지면
뒤뜰 낙엽은 겨울을 덮는데
산 그림자 길어지다 밤이 되면
반짝이는 별들이 쏟아진
조용한 내 울음
바람도 쉬어가며 속삭이는 이곳에서
내 가난한 귀향이 행복임을 압니다

날마다 걷는다

나 열 살 때는
봄빛 내린 나뭇가지에
처음 맞는 새순처럼
첫 새벽을 깨웠다

나 서른 때는
부모님 은혜받아
아들 딸 낳아 키우며
여름 장맛비에 흠뻑 젖고
거친 바람에 흔들리면서
돌담 해바라기처럼
밝은 하늘 바라보았다

나 오십 때는
푸르러 지쳐가던 세상이
붉은 단풍으로 물들고
산과 들에 오곡이
가을처럼 가득하였다

나 일흔 때는
문풍지에 눈보라 몰아쳐
그림자 홀로 쳐다보며
하얗게 새우던 밤이 지나고
새벽 아침이 온통
눈 속에 묻힌 걸 알았다

백색으로 묻힌 세상은
내가 가야 할 길을 덮어
이리저리 갈 곳이 없는데
푹푹 파묻힌 눈길 옆에도
작은 길 하나 있었는데
내가 걸어왔던 길
갈 수 있는 길, 가야 하는 길
오늘 아침도 길을 걷는 이유다

봄, 여름, 가을, 겨울처럼
누구든 가야 하는 여행길에
언제나 나를 기다리는데
질긴 한세월을 살아온
더 많은 나를
따뜻이 만나는 당신에게
나는 날마다 걷는다

4부

고봉밥

대구 지하철 가득한 유독가스
차오르는 불길에 마지막 문자
출근하는 아버지가 딸에게
사랑해
아직 할 말이 남았어

파워 블로거

계룡산 끝자락
늙은 솔 나무 곁에는
여름밤 누런 꽃이 만든
알밤이 주렁주렁 걸렸네

거친 가시도 이불로 덮고
첫날처럼 세상에 나와
닭, 오리 보약재와 밤새우더니
붉은 아침 햇살로 쏟아졌네

누구나 한번 가면
백년손님 되는데
처가 씨암탉 먹고
천겁의 인연이네

알밤처럼 단단한 이곳에선
정이 이어져 사랑 머물고
날마다 온몸에 퍼지는
늙지 않는 보약이네

오곡백과와 산해진미
상차림 끝자락에
싱싱한 과일 후식은
아줌마 넘치는 웃음처럼
늘 가득하였네

오후

하늘에 구름이 나를 보는데
길옆에 나무가 손짓하고
물은 흘러가 바위를 돌고
작은 호수에는 청둥오리 달려오고
쫓기던 잠자리도 다시 돌아와 앉고
흐르던 나뭇잎 틈새에 풍뎅이가 빠지고
내가 걸어온 소용돌이 궁전은
온갖 생명이 가득한
가둘 수 없는 내 가슴이다

행복한 시인

이웃들이 모두 서커스 구경 갈 때 혼자 남은 아이처럼
모로 앉아 까치집을 바라보는 늙은 화가처럼
오랜 신도들에게 돌림 당한 암자 대처승처럼
한 번도 앞서 가지 못한
늙은 거북이여도 좋습니다

가을이 깊어지고 단풍잎이 떨어져
물에 앉아 물 따라 흘러가는 것처럼
가슴의 응어리는 나뭇잎처럼 떨어뜨려
가을바람에 날려 보내서 너무 좋습니다

사방이 막힌 텅 빈 방에서도
내 안에는 오직 사랑과 용서 가득하여
외로움을 견디는 일도 참 좋습니다

세상에서 가장 행복한 사람은 시를 쓰는 사람
시의 그림이 되는 사람은 최고 행복입니다

대청호수

푸른 나무 춤을 추고
먹구름이 어둠처럼 몰려오던 날
천둥처럼 쏟아지던 비가 달려왔지요

금강이 흐르다 이곳에 머물고
하늘은 흰 구름보다 더 높이 날던 날
내 그림자는 물속에 온종일 흔들렸지요

별이 쏟아진 물 위에
고단한 발 담그며 달을 보던 날
흐르던 세월 서러워 밤새워 울었어요

고단한 사람들은 대청호 둘레 길로 걸어오는데
바람은 물소리에 숨어 버리고 세상이 잠든 날
반짝이는 물의 궁전 날마다 여기 물가에서
충청의 빛나는 아침을 기다렸지요

할미꽃

할미꽃이 봄을 알리는데
살랑대는 수염이 예뻐
할범꽃이라 해야 하는데
등허리가 굽어서 할미꽃은
온종일 구부려 일하시던 엄니
비 오는 날에는 눈물 흘리는데
해가 뜨면 차마 보지 못하고
고운 얼굴을 땅 그림자에 숨기고
먼 옛날 파란 하늘 보고 싶다던
엄니 말소리가 들리는 듯한데
잠시 앉았던 나비가 엄니 사는 세상으로 멀리 날아가
세상 얘기 궁금한 꽃잎이 귀를 열고 살랑인다

할범을 기다리던 할미는
하얀 눈 소식을 듣지 못하고 풀숲에 쓰러졌는데
시리도록 슬픈 얘기를 봉우리에 감싸 안고
엄니 떠난 무덤가에 오래도록 서 있다

노인 보호구역(실버존)

첫아기처럼 울면서 나와
바람 불면 하늘 향해 푸른 깃발 흔들고
천둥에 떨고 번개에 눈멀고
장대비 내리면 눈물로 젖다가도
밝은 햇살에는 활짝 웃고
한여름 무더운 외로움을 인내한 열매는
땅 위에 떨어져 언 땅 녹이는 이불이 되며
다시 찾아올 봄을 기다렸다

늙는다는 것은 하늘과 땅에 가깝게 다가가는 것
노인 보호구역이라고 크게 표시하였지만
어둑한 석양의 고단한 저녁에
눈도 어두운 아픈 노인은
도로표지판에 불빛 요란한 실버존을
혼자 힘겹게 걷다가
요란한 클락숀소리에 놀라서 돌아본다

청벽

파란 하늘은 비단강에 흰 구름은 푸른 솔에 걸리고
빛나던 햇살이 비늘처럼 반짝이면
온종일 저물어 가던 산이 고요히 내려오면
하늘이 차오른 강가에서
푸른 소나무처럼 일생 푸르게 살았으니
이제 순백의 백로처럼 멀리 날아가는 꿈 꾼다

봄바람 불다가도 가을 서리 내리는 청벽 강가에서
물처럼 흐르고 산처럼 고요한 푸른 솔 집
그렇게 오랜 세월 동안 집을 지었는데
이제 푸른 숲을 지나고 낙원이 펼쳐지리니
이곳을 건너가는 사람에만 비로소 문이 환히 열리고
처음에 갈구하던 먼 날처럼 해 뜨는 마을의 웃음이
꽃비처럼 내려오시니
이곳에 살아가련다

*청벽은 공주 금강의 옛 나루터

바람에 누워

계룡산 삽재 언덕 아래
도덕봉, 금수봉 휘도는 수통골 자락에
한밭벌이 멀리 보이는 따뜻한 남향집은
가을 서리가 겨울을 몰아 올 때도
이곳에는 따뜻한 봄바람이 불어왔고
무성한 여름 내내 장대비에 젖으며
근대 문명의 험한 세상을 잠재운
따뜻한 고향입니다

정겨운 이웃의 웃음이 가득한
충혼의 명당 터인 현충원 언덕을 따라
계곡에서 불어오는 푸른 솔 향기 마시며
신나게 살아가는 이곳 마을 사람들은
파란 하늘 위로 떠가는 뭉게구름처럼
바람에 흔들리는 깃발을 달고 삽니다

새로운 천년
새날의 노래를 힘차게 부르며
안전하여 행복한 세상의 꿈을 싣고
강대한 조국을 흔들던 거친
바람도 눕습니다

대전의 달빛

파란 하늘이 대전천에 내려오면
흰 구름은 흘러가고
뜨거운 햇살 스러지면
계룡산 우산봉이 내려온다

바람 부는 세상은 온통 시끄러워
먹구름이 내려온 유성 거리가 빗물로 가득하고
하늘과 땅이 어둠에 묻혀도
너는 봄바람 가을 서리처럼
오직 푸르게 살았다

빌딩 숲 거친 골목에
아파하는 사람들의 상처를
맨몸으로 싸매주는 너는
산처럼 우뚝 서서 눈물을 흘렸다

하얗게 뜬 달
잠든 이웃들을 밤새워 지키는 따뜻한 달빛
대전의 달빛 되어 온밤을 밝히는
그대 이름은 경찰이다

고독

한밭수목원에는 비둘기 떼가 사람 사이로 몰려드는데
무심한 사람들은 종종걸음만 남기고
온종일 풀씨를 쫓다가 지친 새들은
흰 머리 할멈이 오시면
어미 새 따라 구구대며 둥그렇게 모여 든다

멀리서 봇짐처럼 지고 온 고운 곡식을
할멈은 아낌없이 새들에게 뿌리시고
엄니 따르는 어린 새들이 재롱 잔치를 벌이며
퍼덕대는 화음에 온종일 공원이 춤춘다

산 그림자가 어둠처럼 내려와
새들이 둥지 찾아 날아가 버리면
축 처진 할멈의 눈가에는 이슬이 내리시고
오늘 밤도 고단한 걸음으로
허물어진 빈집 문을 여신다

산골 빈집

산들이 합창하는 골짜기엔 실개천 흐르고
하늘 향한 언덕마루에 천년의 마을
재 너머 개똥이 여울내 순이도
달구지에 세간 싣고 도시로 떠나고
한가한 할망구들 마실 가는 빨래터
그 옆에 고부랑 할아범이
담벼락에 기대어 햇살 받는다

동구 밖 장승이 똬리 튼 만장엔
이 마을 전설이 볏 가리로 세워졌고
어디선가 들개 떼 짖어 댈 때
텅 빈 지붕마다 주인 없는 호롱박이
구부정한 노인네들 멀리 동구 밖
사람 기척에 놀라 쳐다본다

집으로

오월은 아름다운 꽃 피는 계절의 여왕이지만
어린이, 어버이날이 기다리는
가정의 달입니다

가정은
뿌리 같은 아버지와 잎새 같은 어머니
줄기 같은 형제들 모여
산들바람에 춤추고 비 오면 젖고
햇살에는 따뜻이 몸 말리고
사시사철 꽃피우고 열매 맺는 한 그루
뿌리 깊어 잎새 무성하고
줄기 튼튼한 나무 아래 서면
어두운 밤도 두렵지 않습니다

오월에는
푸른 초원 위에 하얀 집을 짓고 그 위에 앉아
봄, 여름 피고 지는 꽃 잔치 보며
고달픈 날에도 새처럼 날아옵니다

서럽다

구부정한 노인 부부가 단풍나무 아래
노란색채 얼룩진 벤치에서 늦은 점심 드시는데
붉은 단풍보다 더 빨간 떡볶이를 서로에게 내밀며
반짝이는 웃음이 따뜻한 햇살 속에 빛난다

파란 하늘을 쳐다보는 할아범의 눈망울엔
하얀 머리칼의 할멈 얼굴이 잠기고
살랑대는 가을바람은 챙 넓은 모자를 두드리는데
어디선가 모여든 비둘기 떼는
어르신들 발밑에서 흩어진 부스러기에 파닥이다가
나무등걸을 넘어 무릎에도 앉아 구구 거린다

어느새 붉은 해가 서산마루에 걸리고
땅거미가 집에 가야 할 길을 재촉하지만
아주 오래 두 사람은 한마디 말없이
하늘과 나무 사이 가을이 남긴 낙엽과 새 떼를 보기만 한다

그날은 온종일 서로를 바라볼 뿐이었다

울 엄니

하얀 거품이 몽실 대는 백합조개탕을 앞에 두고
추운 날 바닷가 깊은 물에서 첨벙대며
하얗게 드러누운 조개 줍던 당신이 생각납니다

차가운 북풍을 입김으로 녹이며
조개와 바지락이 가득 찬 광주리를 머리에 이고
어둑한 새벽 경매시장으로 내달리던 당신은
눈싸라기 바람에 휘청이고 얼어버린 도로에 비틀거리며
북적대는 시장 인파에서 한 푼이라도 더 받으려다
구부러진 허리가 넘어져 버립니다

껍질을 열면 하얗게 드러나는 조갯살은
씹으면 씹을수록 깡마른 당신의 짠 눈물이 되어
스며드는 담백한 국물이
얼어버린 가슴을 적십니다

보글대는 냄비에서 풀어 헤진 백합조개는
온 세월 억세게 터져버린 당신의 손마디에 들려
하얀 백합꽃으로 피어났습니다

그냥

아기 손이 고사리보다 여리다
왜, 그냥

아기 얼굴이 꽃보다 예쁘다
왜, 그냥

엄마 손이 수세미보다 거칠다
왜, 날마다 설거지 때문이다

엄마 얼굴에 버짐이 피었다
왜, 날마다 아들 걱정 때문이다

나는 날마다 거울에 묻는다
왜, 얼굴에 주름이 생기냐고

거울은 말을 못 하고 늙으신 엄니가 대신 말한다
빨리 죽어야지, 늙으면 죽어야 해

너무 빨라

서랍을 정리하다 발견한 이십 년 된 플로피 디스크
표지에는 아들이 2000년 초등학교 때 쓴 일기라 하는데
어떻게 쓰였을까?

컴퓨터를 일찍 배운다고 일기장에 안 쓰고
책장보다 긴 흑백의 컴퓨터에 타이핑하고 저장하여
십 평방 센티 플로피 디스크에 담아 놓았는데
읽어 볼 수 없을까?

단골 컴퓨터 가게에 물어보니
플로피 디스크는 컴퓨터박물관을 찾아보라는데
한 치 앞을 못 보게 되어 귀한 아기 일기를 버려야 할까?

차마 버리지 못한 플로피 디스크가
책장 여기저기서 고개를 내민다

물의 궁전

예쁜 꽃이 바위에 피어나고
붉은 강물에 비단 자락 수 놓던 날
빛나는 아침 보셨나요

푸른 나무가 춤을 추어
먹구름이 몰려오던 날
천둥처럼 쏟아지던 빗길을 달리셨나요

강물은 흐르고 바람은 불고
하늘은 흰 구름보다 더 높이 날던 날
내 그림자 물가에 온종일 흔들렸나요

별이 쏟아진 강물에
고단한 발 담그며 달을 보던 날
잊은 세월 서러워 긴 밤을 우셨나요

고단한 사람들이 은은한 차향에 취한 날
바람은 물소리에 젖어 세상이 잠들고
물의 궁전 아래 물안개로 누우면
빛나는 아침햇살이 분수처럼 쏟아질래요

지금 이 순간

따뜻한 봄볕이 창가에 쏟아진 날
커피나무에 핑크빛 열매는 빛나는 햇살
분수처럼 퍼지는 무지개 커피 향이 입술을 적시면
눈부신 하루가 행복이어라

은은한 커피 향 창가에 쏟아진 날
처음에는 너무 뜨거워서 못 마시고
나중에는 너무 식어버려 못 마시고
지금 이 순간 따뜻하고 향기로운
커피 한 잔이 행복이어라

코로나 가라

주홍빛 감이 빨간 껍질은 벗겨지고
부끄러운 속살이 드러난 채
천형(天刑)처럼 처마 아래 줄줄이 달렸다

오와 열 지어 벌서듯이 매달려
마지막 남은 물기가 다 말라
벌거벗은 몸에 새 옷을 입을 때까지
말없이 견뎌야 했다

차가운 바람이 문창을 때리면
먹거리가 귀한 그 시절엔
바이러스를 이긴 명약의 겨울 곶감이
엄마의 손에 들리곤 했다

꿈속에서도 고운 엄니가
오랫동안 매달아 말린 하얀 곶감이
달콤하게 입에서 환청처럼 맴돈다
"곶감 먹어야 고뿔 이긴다"
많이 먹었으니 너 그만 가라

단칸방

찬 바람이 문풍지를 때리면
옹기종기 모여앉은 단칸방에
소똥냄새, 화덕냄새와 범벅된 사람냄새 나는데
구들장 장작불로 아랫목 따뜻해지면
늙으신 엄니가 먼저 눕고
아범이 눕고 그 옆에 큰애가 눕고
막내둥이는 창호지 아래 얼어버린 입술로 몸을 녹인다

깊은 밤에 화톳불이 꺼지면 구들장이 식어가고
일곱 식구는 서로를 부둥켜안고
칼날 같은 아침햇살이 비쳐오면 고단한 몸 일으켜
덕지덕지 눈곱을 떼고 거친 들판에 선다

눈사람

산자락 개울가에 함박눈이 모여
까만 숯덩이와 솔잎으로 온몸을 치장하고
세찬 눈발에도 움직임 없이 서 있는데
햇살이 차오르면 눈물 흘리다가
해 저물면 얼어붙어 겨울잠을 잔다

안으로 흐르는 물소리 들리면
언젠가 다가올 스러짐이 두려운 것은 아닌데
잠시 머물다 가는데 누가 찾아올까 무섭고
아름다운 세상을 향한 그리움이 두려울 뿐이다

내 고향

별빛 아래 달빛처럼 잠들었던
고요한 공주에 꽃잔치 벌어져
뜰앞 실개천에 물안개 피고 앞산 푸른 솔이 바람길 열면
우뚝 솟은 저택 위에 빛나는 햇살이
고단했던 손님을 맞이하는데
온 동네에 은은한 종소리 울려 퍼지며
오대양 육대주에 행복을 선물하는
장대한 꿈이 영급니다

가겨날

한글이 온 날엔 밤새 울던 개구리
산과 들이 춤추도록 개굴개굴 가갸거겨
세종대왕이 만드신 그날도
조정대신들 개구리처럼 반대했는데
글자는 권력이라 우매한 백성은 몰라야 한다구
세상을 깨우고 백성을 깨우친 가겨날
풀들이 바람에 잠시 쓰러졌지만
가장 먼저 들불처럼 다시 일어난 가겨날
세계인이 다시 맞는 가장 멋진 한글날

사랑해

세월호 갇힌 격벽에서
차오르는 바닷물에 마지막 문자
작은 소녀가 엄니에게
사랑해
잘못한 것 다 용서해

대구 지하철 가득한 유독가스
차오르는 불길에 마지막 문자
출근하는 아버지가 딸에게
사랑해
아직 할 말이 남았어

가슴속에 숨겼던 뜨거운 말
가을이다, 부디 사랑하자

너도 기쁘지

첫 송아지 세상에 나온 날은
사랑채 대문 옆의 외양간에 암소 울음 구슬프고
열 달 동안 잠긴 문을 열고 아기처럼 머리 내밀어
아침밥 연기가 짙은 안개로 높이 날아 온마을이 춤추는데
새벽 들판에서 무거운 밭일하는 아빠 황소가
음메 음메 워낭소리에 네 발맞춰 달려가면
쟁기에 갈라지는 밭의 속살에 푸른 아지랑이 피고
빛나는 햇살이 내려와 앉는다

고봉밥

빛바랜 다섯 살 사진에는
깡마른 아이가 볼록한 앞 배를 쑥 내밀고 있는데
끼니마다 산 같은 고봉밥이 무너지면 엄니가 재빨리 얹어주어
낼름 낼름 먹어 치우면 또 얹어주던 볼록한 고봉밥
당신 식기는 텅 비워가는데 아이 배는 터지도록 먹어버려
배만 볼록했던 깡마른 아이는 이제 배불뚝이 어른이 되어
주린 배를 움켜쥐고 온종일 밭일하신 흐릿한 엄니 사진 보며
눈물 떨군다

라떼는

아들 또래 직원 모여
삼십 년 전 경찰 무용담으로 아침회의 하는데
말에 취해 높아가는 목소리에 바람만 불고
직원들 두 눈은 핸드폰 액정에 온통 내려앉아
보이지 않는 채팅에 서로가 빠졌는데
아무도 듣지 않는 메아리를 뒤로하고
라떼 커피를 마시며, 나 때 는 말이야
그때는 좋았다고 말했는데
먼 소린지 아무도 고개를 들지 않는다

알파와 오메가

응아 응아
엄니의 아랫배를 찢고
세상에 첫선을 보인 날
아(A) 응아, 응아 세상에 왔다
세상의 첫아이는 응아 하며 이제 시작이다
하나님이 만드셔 내가 세상에 왔다

내가 떠나면 세상은 오메가

동행

어제 걷던 그 길 오늘도 걷는다
어제는 둘이서 오늘은 혼자서
어제는 행복했는데 함께 걸어
내 그림자여 오늘은 말 좀 해주오

아프니까 사랑

장군산 자락 영평사에 아홉 마디 들풀이 햇살에 빛나고
늦가을이 앗아간 텅 빈 산마루마다
비바람에 지친 구절초가
부처님 숨결처럼 하얀 안개에 앉아 날마다 산을 덮고
분수처럼 쏟아지는 사부대중 한 많은 이야기를 들으며
이리저리 심란한 발자국을 포근히 안으며
엄니보다 따뜻한 영평사 산자락에 오래도록 피었다

*영평사는 구절초가 만개하는 세종특별자치시 소재 사찰

자연·생명·문화콘텐츠의 양상(樣相)과 서정(抒情)의 기도

―심은석 시인의 『오, 내 사랑 목련화』

피기춘(시인, 문학박사)

심은석 시인의 시집 『오, 내 사랑 목련화』 출간을 축하하며 잠시 그의 시 세계를 살펴본다. 영국의 시인 크리스천 로제트 "누가 바람을 보았나요. / 나는 바람을 볼 수는 없지만 / 창밖의 흔들리는 나뭇가지를 보고 / 바람이 지나가는 것을 알 수 있어요(바람)"라고 노래하였다. 이처럼 시인은 눈으로 자연을 미세한 움직임을 관찰하고 느끼고 대화하고 자연을 소리를 들을 수 있는 것이 시인의 문학세계다. 시인은 동료 시인들이 쓴 시를 많이 읽어야 하고 자연과 사물에 대한 남다른 애정을 가져야 한다. 촌철살인(寸鐵殺人)이라는 말이 있다. 이것은 굳이 해석하면 '짧은 칼로 사람을 죽일 수 있다'는 뜻인데, 시적으로 표현하자면 '짧은 문장으로 사람(독자)을 감동시킬 수 있다'는 의미를 가진다. 시는 함축된 언어 속에 많은 의미를 담고 있다. 그래서 프랑스의 시인 폴 발레리(1871~1945)는 "시는 백 줄의 산문을 한 줄로 압축한 것"이라고 했다.

심 시인의 시 세계는 마치 고향 집의 따뜻한 안방에서 부모와 자녀들이 함께 모여 앉아 이야기를 나누는 그런 정겨움의 시요, 가식과 포장이 없는 투명하고 깨끗한 시다. 좋은 시란 독자가 공감하는 시이다. 좋은 시란 상식을 초월하는 시요, 그림과 같고 음악과 같이 리듬과 음률이 있는 시이다. 심은석 시인의 시가 바로 그런 시이다.

일반적으로 우리가 생각하기는 경찰관이라는 단어와 함께 떠오르는 것은 다소 경직된 자세와 표정, 그리고 상명하복(上命下服)의 생활 속에서 심성과 정신세계가 회색빛 직업인으로 속단하는 것이다. 하지만 심 시인의 작품 어디에서 그런 점을 발견하지 못한다.

겨울은 춥지 않고 / 여름은 덥지 않고 / 그래 당신은 천년
나무입니다

–『날마다 걷는다』 중 「천년 나무야」의 1연

나무 중에 가장 오래 사는 나무가 태백산이나 소백산, 지리산, 오대산 등 이런 고산지에 사는 주목(朱木)이다. 주목은 어쩌면 지상에서 가장 오래 사는 식물인지도 모른다. 흔히 주목을 살아 천 년, 죽어 천 년을 산다고 하나 실제로는 1만 년을 사는 주목이 있다고 하니 과연 장수의 상징이

다. 이처럼 심 시인은 한 그루의 나무를 보면서 오랜 질곡의 세월을 굳건히 극복해 갈 천 년의 생명을 이어가는 주목으로 노래하고 있다.

심 시인은 자연의 시인이다. 특히 나무와 산을 예찬하고 대화하는 시가 많다. 「천년 나무야」, 「나무가 벗는다」, 「한 그루 나무 되어」, 「나무의 눈물」, 「나무처럼」, 「감나무 그림자」, 「은행나무」, 「나무가 생각 한다」

이와 같이 나무에 관한 시를 많이 쓰는 것은 그만큼 심 시인의 정신과 마음이 자연과 하나가 되어 소통하고 있다는 것이다. 흐르는 물의 철학은 겸손이고 순종이다. 물은 절대로 위로 거슬러 올라가는 역행을 하지 않는 오직 아래로 흐를 뿐이다. 자신에게 주어진 길만 갈 뿐 순리를 역행하지 않는다. 심 시인은 이미 잘 알려져 있듯이 경찰대를 졸업하고 일선 경찰서장을 두루 역임하고 35년 경력의 고참 경찰 지휘관이다. 하지만 그의 시에서는 이같이 권위적이고 명령적이거나 혹은 시어에 역행하는 단어들은 찾아볼 수 없다.

아빠 손을 감싸면 따뜻해요 / 아빠 손을 잡으면 든든해요
아빠 손을 흔들면 차가 서요 / 아빠 손을 따르면 산이 와요
아빠 손을 놓치면 무서워요 / 아빠 손을 잃으면 캄캄해요
꿈속에서도 아빠 손을 꼭 잡아요

−「암벽등반」의 전문

심 시인은 어린아이처럼 맑고 깨끗한 시심의 샘터를 가진 시인이다. 이 시는 참으로 아름다고 행복한 동시다. 든든한 아빠의 손을 꼭 잡은 모습이 어린아이의 모습이 선명하게 떠오른다. 요즘 우리 사회는 매우 냉소적이고 이기적이며 무엇보다 가정 파탄으로 상처받는 어린이들이 너무 많다. 매일 뉴스를 통하여 접하는 어린이 학대와 영아 유기, 또는 부모들의 무책임한 행동으로 어린이들이 사망 소식이 들려올 때마다 무거운 죄책감을 느낀다. 심 시인의 「아빠 손」을 읽으면 세상이 온통 꽃비가 내리는 느낌이다. 이와 같이 심 시인의 시는 숨 고르기와 행복한 언어의 집짓기를 한다. 자신의 내면인식의 형상화인 시 창작을, 즐겨 다룰 줄 아는 시격(詩格)의 소유자로 차분하고 나직한 언어로 가족의 소중함을 일깨워 주려고 진지한 삶의 자세를 겨냥하는 있는 실체이다.

외로워 힘들다며 / 저녁노을 산마루에서 어스름이 밀려올 때까지 / 같이 있어도 사무치는 눈물 흘리던 그 사람이다 // 먼 훗날 노년을 준비하며 / 스멀대는 호수에서 물안개를 / 살포시 걷어내 주실 그 사람이다 // 아침 햇살은 아기 얼굴처럼 빛나고 / 노을은 풀어진 머리칼처럼 간절하게 다가오고 / 밤이 깊어가도 잠 못 드는 달님은 / 내 그리운 그 사람이다

―『날마다 걷는다』 중 「그리운 사람아」 전문

눈물은 인간이 지닌 그 어떤 것보다 더 값진 청정(淸淨)한 진주와 보석이며 신(神)이 허락한 축복이다.

"나는 눈물이 없는 사람을 사랑하지 않는다 / 나는 눈물을 사랑하지 않는 사람을 사랑하지 않는다 / 나는 한 방울 눈물이 된 사람을 사랑한다 / 기쁨도 눈물이 없으면 기쁨이 아니다 / 사랑도 눈물 없는 사랑이 어디 있는가 / 나는 그 늘에 앉아 / 다른 사람의 눈물을 닦아주는 사람의 모습은 / 그 얼마나 고요한 아름다움인가

—정호승의 「내가 사랑하는 당신」의 2연

이렇듯 눈물은 인간이 표출하는 가장 정직한 액체요. 감성의 결정체이다. 겟세마네 동산에서 예수 그리스도가 흘린 그 뜨거운 눈물, 사랑하던 제자 안회(顔回)의 죽음을 가슴 아파하며 흘리던 공자의 눈물, 죽음의 그림자를 보고 흘리던 알렉산더 대왕의 눈물, 혹은 가족이나 또는 사랑하던 이의 죽음 앞에서 흘리는 눈물, 또는 한평생 자식들을 위해 흘리진 어머니의 자애로운 눈물이야말로 값진 것임에 틀림이 없다.

심 시인은 「사람아」에서 "같이 있어도 사무치는 눈물 흘리는 사람이다"고 노래했듯, 심 시인의 인성과 시심은 너무 따뜻하고 감동적이며 눈물이 많은 사람임에는 틀림이 없다. 그래서 시를 쓰는 것이다. 35년이라는 긴 세월을 경

찰 제복을 입고 살아왔지만, 그의 내면은 항시 여명의 햇살과 샘물 같은 생명수가 넘쳐나는 정신세계는 너무 눈물겹도록 아름답고 푸르다.

이 땅의 찢긴 아픔이 / 눈물처럼 내리는 비 오는 날에도 / 이름 모를 풀꽃은 피어나고 / 자유와 평화를 외치는 햇살 쏟아지면 / 어느 날엔 이 땅 온통 꽃밭 되리니 / 그래 70여 성상 피맺힌 절규 / 한민족 한겨레의 응어리진 가슴을 / 충혼의 바람으로 흩날리게 해주셔요

─「내 조국 내 나라」의 마지막 연

'예술에는 국경이 없지만, 예술가에게는 조국이 있다'는 말처럼 심 시인은 역시 경찰공무원이고 충직한 공직자다. 우리는 과거 36년이라는 긴 세월을 일제 강점기의 억압을 받으며 조국 광복을 맞았지만 결국 남북은 미국과 소련의 통치하에 결국 남과 북은 각자 분단의 정부가 수립된다.

곧이어 한국전쟁으로 같은 동포요, 내 부모 형제가 서로 총칼을 겨루어 죽이고 죽이는 비극의 3년 전쟁이 끝나고 휴전협정이 체결된 지 70여 년이 지나고 있다.

심 시인은 우리가 처한 분단의 현실을 가슴 아파하면서 한반도에 속히 평화통일의 날이 속히 와서 한라산에서 백두산까지 삼천리 산마다 들마다 이름 모를 야생화가 피어나고 대한의 부모 형제가 하나 되어 서로 손을 잡고 자유와

평화의 노래를 부를 날을 소망하고 있다.

이사 가던 날 바퀴벌레와 개미가 허락 없이 먼저 살고 있
어 / 너희들 돈 한 푼 안 내고 이럴 수 있냐고 / 버럭 소리
질렀지만 전세는 사람 일이라고 대꾸도 않는데 / 가고 싶
으면 가고 오라면 오고 / 하늘 아래 어디든 지네들 집이라
는데 // 무법자들과 언제까지 살아야 하느냐고 / 벌레보다
못하다며 아내는 밤새 울었다

－「셋방살이」의 2, 3연

수많은 직업 중 이사를 가장 많이 다니는 직업이 군인이
고 다음이 경찰이 아닌가 싶다. 아마 심 시인도 이사를 자
주 다닌 모양이다. 집 없는 설움은 겪어 본 사람만 아는 약
자의 고통이다. 예전에는 대부분 단칸방에 가족들이 옹기
종기 셋방살이를 했다. 이 시의 내용처럼 겨우 가구 몇 점
들여 놓고 살만한 집이면 어김없이 쥐가 왔다 갔다 하고 바
퀴벌레와 개미들이 함께 공존하고 살았다. 심 시인은 셋방
살이의 추억을 마치 성경에 나오는 '선한 마리아' 같은 느낌
을 준다. 다소 코믹한 부분이 있으나 작은 벌레조차 함께 보
듬어 가는 심 시인의 성직자 같은 자비와 은혜가 엿보인다.
시인은 정신작업의 종사자다. 『적극적인 사고방식』의 저
자 노만 빈센트 필은 "한순간 분노가 치솟아 오를 때, 좋은
기억을 되돌리거나 감미로운 시를 떠올리면 마음에 평정을

회복할 수 있다"고 지적하였다.

21세기를 살아가는 우리는 전혀 예기치 못했던 코로나 19로 인하여 저마다 주어진 환경 속에서 수많은 불편함을 겪고 있고 또한 불안과 공포를 느끼며 살아가고 있다.

이런 위기에 환경에서 마음과 정신이 위로 받고 치유될 수 있는 것이 바로 감동적인 시 한 편일 것이다. 엔도르핀 보다 4천 배의 효력을 갖는 것이 다이돌핀이다. 다이돌핀은 가장 감동적인 순간을 접할 때 발생한다. 그리운 사람을 만났거나 아름다운 경치에 감탄할 때, 혹은 미술 작품을 보고 감동할 때 등이다. 한 줄의 어록이나 한 편의 시에서도 우리는 다이돌핀을 얻는다.

신이시여! / 봉사와 질서, 안전하고 행복한 나라 / 하늘이 내린 신성한 사명을 늘 생각하여 / 두려움을 이길 강한 힘을 주소서 // 불의와 불법에 굽히지 않는 양심과 / 갈등과 위험을 잠재우는 지혜로 / 아파하는 눈물을 닦아주는 사랑으로 / 작은 것에도 성심으로 낮게 임하소서

–「경찰관의 기도」의 1, 3연

플라톤은 그의 『국가론』에서 "인간은 자신을 위해 태어나는 것이 아니라 국가를 위해 태어났다"고 역설했듯이 경찰이야말로 자신과 가정보다 국가를 먼저 생각하는 공무원이다. 봉사의 치안 서비스와 범죄 없는 도시를 만들어 가야 하는 고

독과 독백의 마음을 「경찰관의 기도」에서 잘 보여주고 있다.

경찰공원은 배명과 함께 경찰에 투신(投身)한다는 단어를 사용한다. 이처럼 경찰(警察)이라는 한자어가 주는 의미부터 다르다. 警(경계할 경), 察(살필 찰)은 주변을 경계하고 살피는 것이오. 투신(投身)이라는 한자어도 결국 국민의 생명을 보호하기 위해서는 자신을 던져 희생해서라도 국민을 먼저 구한다는 의미다. 우리는 가끔 언론을 통하여 이 같은 경찰관들의 눈부신 활약과 더 나아가 순직까지 하는 경찰관들의 소식을 접할 때마다 경찰의 노고를 깊이 생각하게 된다. "봉사와 선한 일을 생각하거나 보기만 하여도 마음이 착해지고, 우리의 육신도 영향을 받아 질병을 이겨낼 수 있다." 테레사 수녀의 효과처럼 그의 심성은 이미 다이돌핀을 생성하는 시적 치유의 감미로운 시의 샘물로 가득 차 있음을 발견한다. 모쪼록 심 시인도 남은 공직생활을 이 시의 내용처럼 언제나 정의롭고 불의와 타협하지 않은 올곧은 공직자로 경찰사(警察史)에 길이 남는 표징의 경찰로 굳게 서 주길 바란다.

까만 밤이 소리 없이 내려도 / 우리는 무섭지 않아요 // 어둠은 빛을 이기지 못하고 / 빛은 언제나 새벽처럼 와요 // 밤이 깊을수록 촛불이 더욱 빛나듯 / 그대 눈빛이 별보다 더 빛나는 것은 / 깊은 어둠이 그리움 키웠고 / 새벽은 햇살처럼 날아오지

─「새벽은 온다」 전문

세계적인 미국의 유명MC 오프라 윈프리(Oprah, Winfiey. 1954. 1. 29.~)는 "남보다 많이 소유했다는 것은 축복이 아니라 그것은 사명이다. 남보다 아픔을 많이 소유했다는 것은 고통이 아니라 그것은 사명이다. 남보다 꿈과 환상을 소유했다는 것은 위대함이 아니라 그것은 사명이다." 그녀는 이처럼 항상 새벽이 밝아오는 희망을 노래했다. 그녀가 살아온 눈물겨운 인생사는 이제는 누구나 다 알고 있다. 새벽이 없다면 우리 인생은 절망 속에서 헤매고 있을 것이다. 심 시인은 새벽이라는 시를 통해 흑암의 세계를 환하기 밝히고 싶은 것이다. 절망과 좌절로 상처 입은 이들에게 희망의 불을 밝혀주고 싶은 것이다. 결코 포기하지 말고 다시 일어서서 자신의 미래를 향에 달려보라고 위로하고 격려하는 것이다.

영국의 수상을 역임한 윈스턴 처칠(1874~1965)은 세계적인 명문대학교 옥스퍼드 대학교의 졸업식 축사에서 벅찬 희망으로 졸업을 하는 젊은이들에게 "결코, 결코, 결코 포기하지 말라."는 유명한 강의를 했다.

'어둠이 아무리 내린다 해도 덮을 수 없는 것이 있다. 그것은 아침이다. 함박눈이 펑펑 온다 해도 덮을 수 없는 것이 있다. 그것은 봄이다. 절망이 아무리 어둡다 해도 덮을 수 없는 것이 있다. 그것은 희망이다.' 라는 글이 있듯이 '희망'이라는 단어는 우리 인생에 있어 가장 가치 있는 단어 중 하나이다. 시인의 사명은 항시 희망의 시를 쓰는 것이다.

맨발로 자란 어린 날이 애처로워 / 동방의 고요한 나라에
시집온 새댁은 / 동네 아줌마의 험담에도 / 시댁의 폭언과
무시에도 / 외양간의 소처럼 새벽같이 일했다

—「베트남 새댁」의 1연

가슴이 울컥해지는 시다. 몇 해 전, 베트남 공항에 '한국
에 시집가지 말라'는 현수막까지 걸고 한국 남성과 국제결
혼을 하지 말라는 베트남 여성들의 시위 장면을 언론을 통
해서 접한 적이 있다. 현대는 어느 나라든지 다문화국가이
고 우리 주변에는 다문화가정을 쉽게 목격하게 된다. 심
시인은 "외양간의 소처럼 새벽같이 일했다"는 표현으로 베
트남 새댁이 우리나라에 시집와서 겪고 있는 참당한 현실
을 고발하고 있다.

지금 국내 체류 외국인이 350만 명에 이르고 다문화가
정은 30만 가구에 이른다. 결론은 세계인은 한 가정이라
는 생각을 해야 한다. 약소국가의 여성들을 사랑해서 아내
를 삼아 국제결혼으로 가정을 이뤘으면 끝까지 사랑으로
책임을 져야 한다. 「베트남 새댁」은 베트남이나 필리핀, 혹
은 그 외 우리나라보다 경제적으로 후진국 여성들을 아내
로 맞이하여 살아가는 남성들과 그 가족들에게는 물론 우
리 모두에게 크게 반성하라는 무거운 경고다.

산들이 합창하는 골짜기엔 실개천 흐르고 / 하늘 향한 언
덕마루에 천년의 마을 / 재 너머 개똥이 여울내 순이도 /
달구지에 세간 싣고 도시로 떠나고 / 한가한 할망구들 마
실 가는 빨래터 / 그 옆에 고부랑 할아범이 / 담벼락에 기
대어 햇살 받는다 // 구부정한 노인네들 멀리 동구 밖 / 사
람 기척에 놀라 쳐다본다

−「산골 빈집」의 일부

　오늘의 농촌 현실을 안타까운 모습으로 그려 놓고 있다.
왠지 공허한 바람이 분다. 해가 갈수록 점점 늘어만 가는
빈집과 우리의 눈에서 사라져가는 내 고향 농촌의 모습이
애처롭게 그려진다. 이 시에는 고향에서 구순의 아버지가
지팡이를 짚고 마을 어귀에 나와 집 떠난 자식들을 기다리
는 모습이 선하다. '신의 나라는 씨앗을 팔지 않는다'는 탈
무드적 발상을 통해 내면적 체감을 일상의 삶과 시대적 흐
름에 편승하는 위기와 기교에 빠져 주제의 빈곤을 안고 있
는 현상에서 나름대로 공간과 시간을 초월하면서 미적 주
권의 확립을 위해 서정의 시 세계를 지향하는 심 시인의 정
신적인 작업은, 현대를 살아가는 우리의 영혼을 「산골 빈
집」에 견준 시격(詩格)의 담백함 그리고 의미론적 순환의 통
로를 걸쳐 소중한 서정적 그리운 씨앗을 우리 모두의 가슴
에 심어주고 있다. '시인은 부러진 날개를 치유하고, 꿈의
날개를 달아주는 정신적 작업의 종사자이다.' 영국의 시인

T. S 엘리엇(Eliot. 1888~1965)은 "문화적 유산을 소홀히 하는 비문명화하고 문학을 낳지 못하는 국민은 사상과 감성의 활동을 낳지 못하는 국민이다."라는 지적처럼 한 편의 시가 상상과 감정을 통한 재해석임은 재론할 필요가 없다.

"생명의 언어와 맑은 영혼의 안식"과 상처받은 이들의 슬픈 영혼을 치유하기 위하여 불행과 증오, 그리고 고통과 불행이 자리한 삶의 처소에서 일관된 선함과 지혜로움으로 지성의 칼날 번뜩이는 새로운 비전을 펼쳐 보이며, 역사 인식의 확장을 위해 영혼의 닻줄을 움켜잡는 진정한 이 시대의 예언자적 시인으로 주어진 소임과 역할을 엄숙하게 수행할 시인으로 기대하며 『오, 내 사랑 목련화』 출간을 축하한다.

오, 내 사랑 목련화

심은석 지음

발 행 처 · 도서출판 청어
발 행 인 · 이영철
영   업 · 이동호
홍   보 · 천성래
기   획 · 남기환
편   집 · 방세화
디 자 인 · 이수빈 | 김영은
제작이사 · 공병한
인   쇄 · 두리터

등   록 · 1999년 5월 3일
(제321-3210000251001999000063호)

1판 1쇄 발행 · 2022년 4월 30일

주소 · 서울특별시 서초구 남부순환로 364길 8-15 동일빌딩 2층
대표전화 · 02-586-0477
팩시밀리 · 0303-0942-0478

홈페이지 · www.chungeobook.com
E-mail · ppi20@hanmail.net
ISBN · 979-11-6855-028-5(03810)